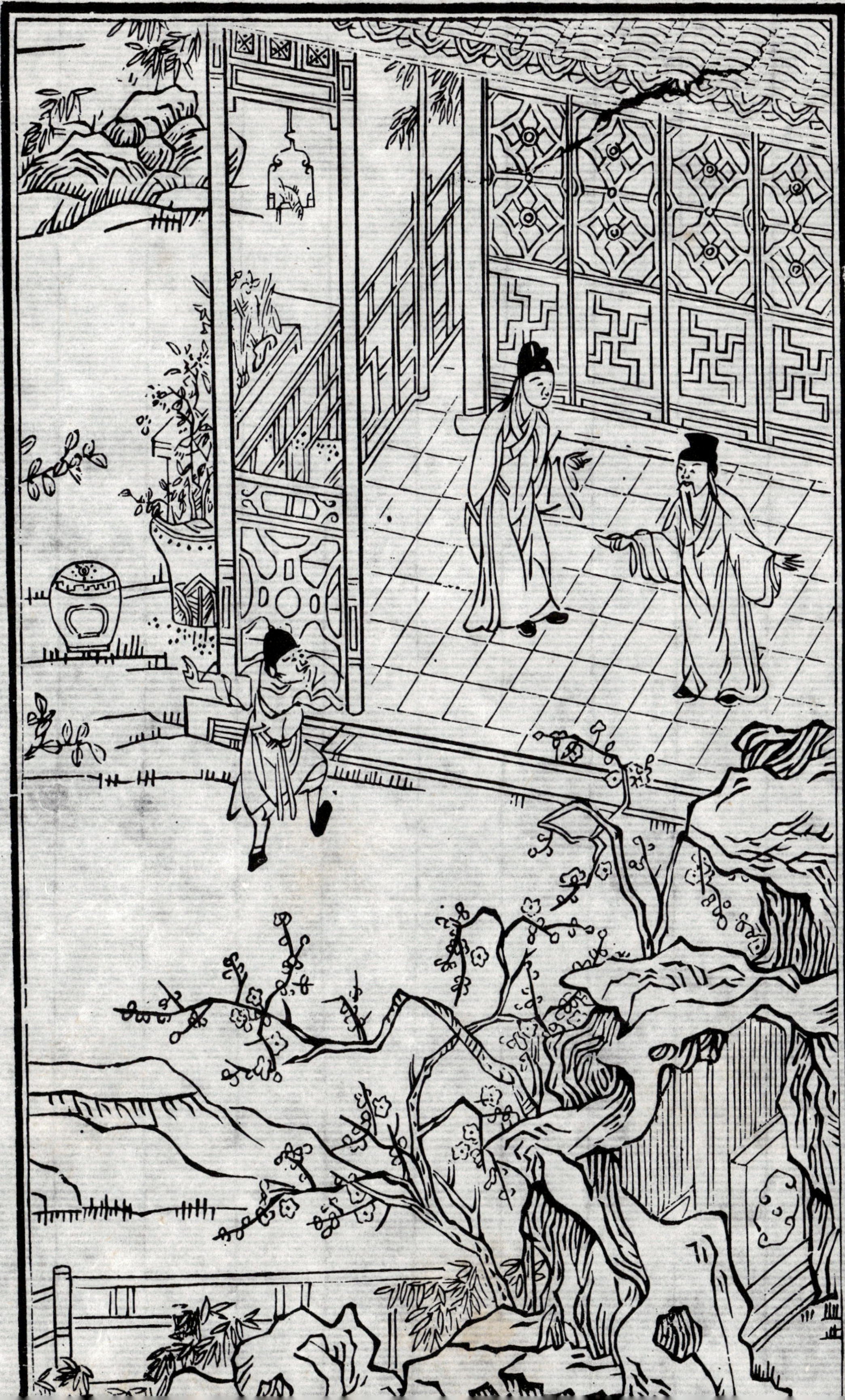

紅梨記

訪素

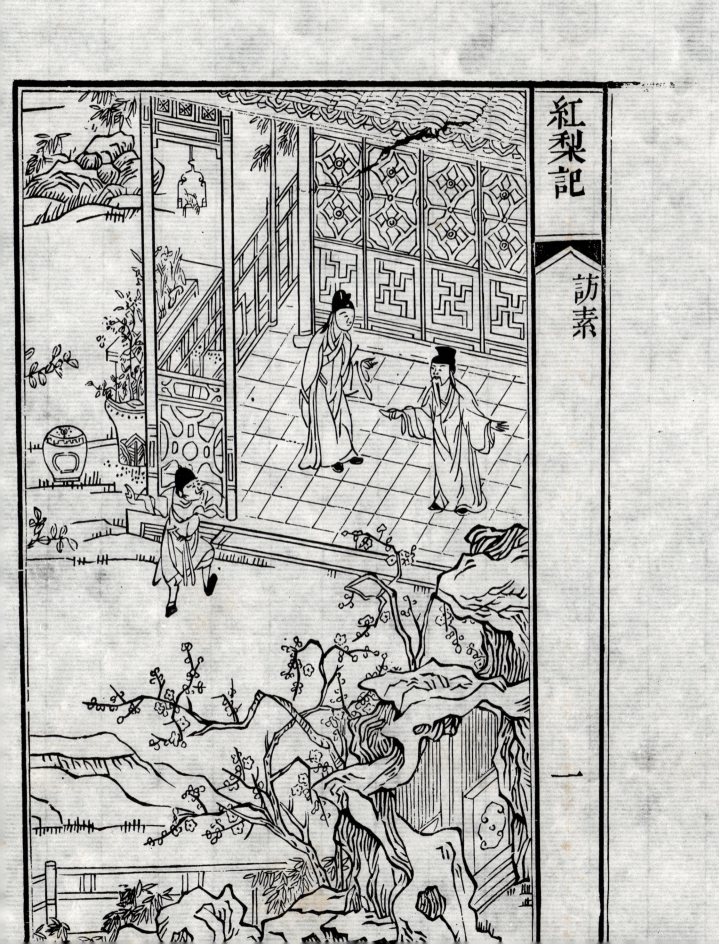

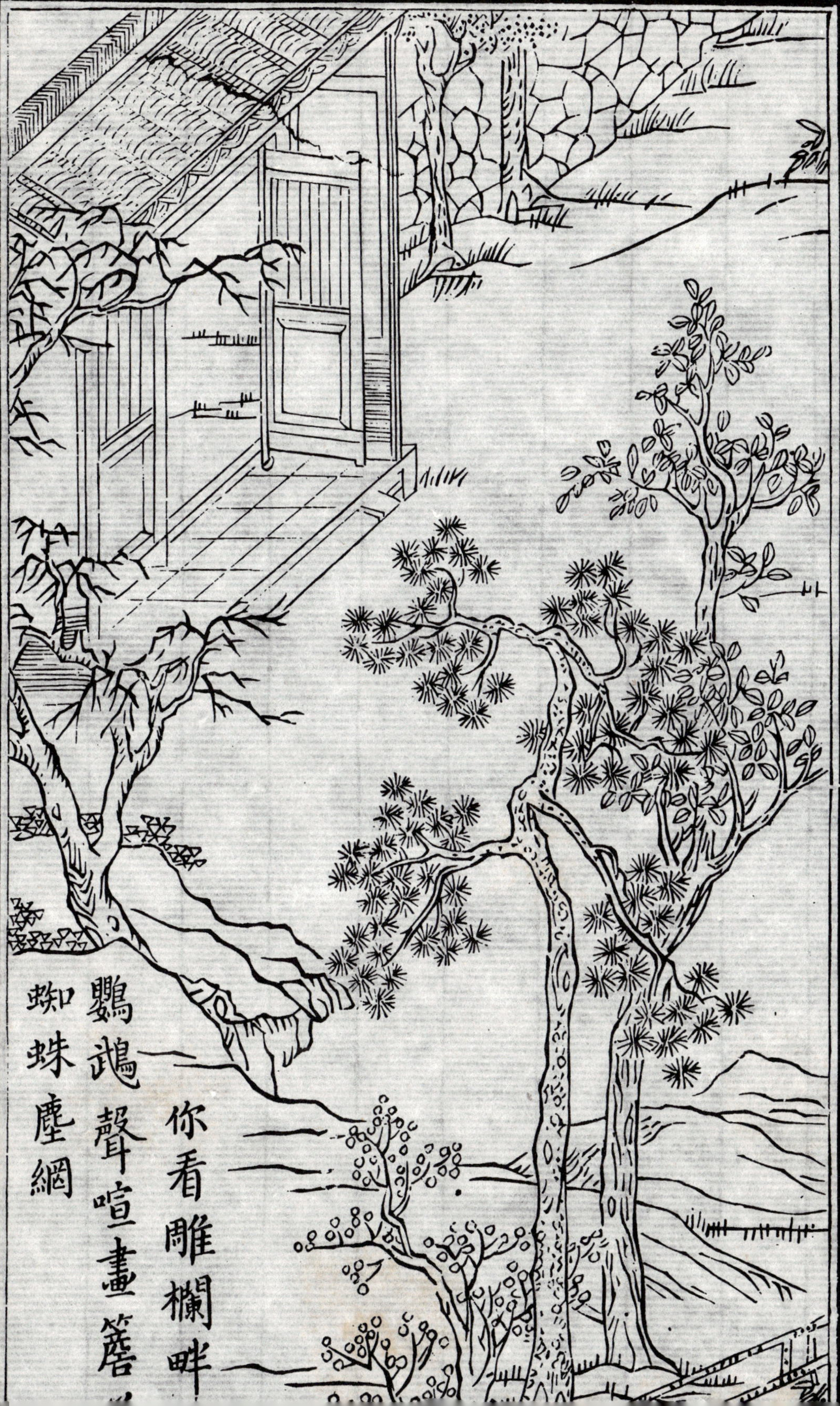
你看雕欄畔
鸚鵡聲喧畫簷
蜘蛛塵網

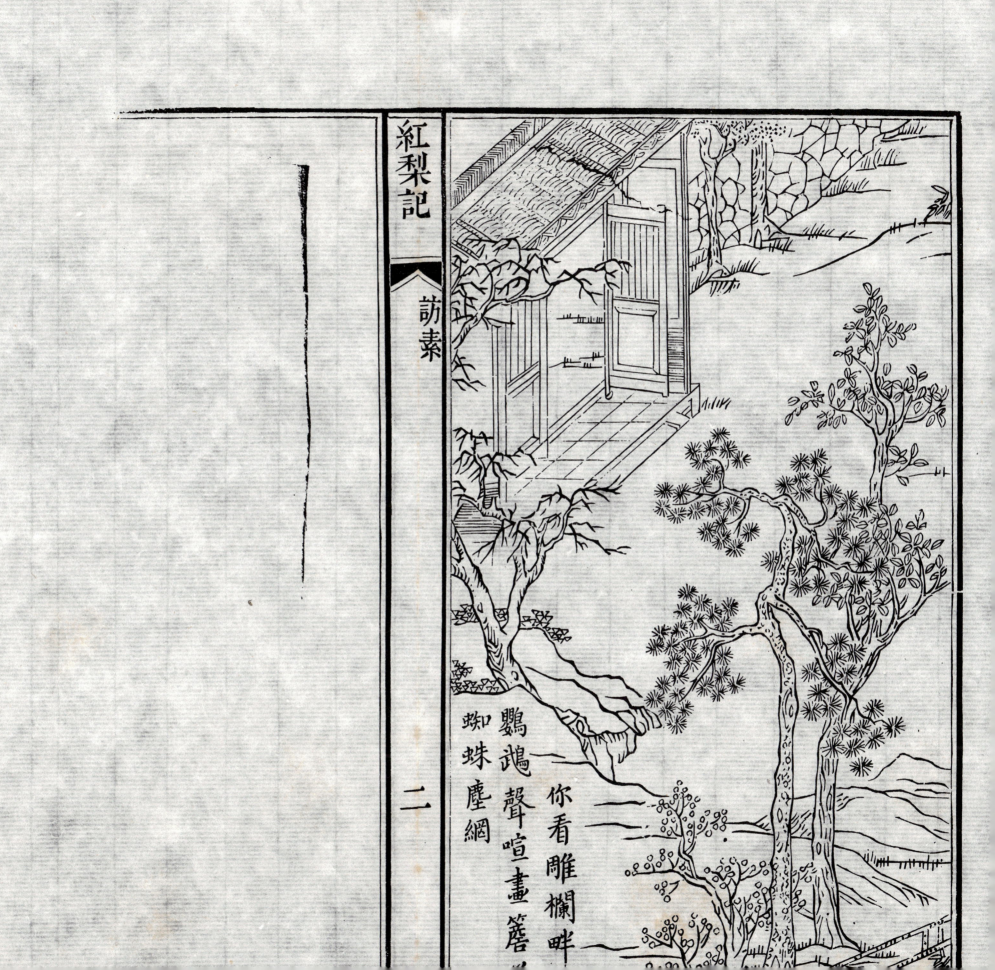

訪素（小生戴巾着褶上）適作用扇謬矣賞燈王黼白云就此臘月預借元宵之句焉可用扇捏定風流樣性躭花柳酸形與孑叔夜不同唱曲道白口音穿齒俱宜微硬不脫青齊

（南呂正曲）宜春令風月性、雲雨腸、（此二句要在心眼上出）自生成花狂柳狂、新詞楚楚、俏

兒堪與秋娘抗蘇、小小才貌相當呂雙雙風流、不讓揀（擬神注此）粹佳

錦瑟翠屏、朱幌、（隱笑介念狀）（正坐介白）日昃鳴珂動花連繡戶春、盤龍玉

鏡惟待畫眉人、小生爲有謝素秋之約、昨晚一夜睡不安

已得天明、便起來梳洗、如今已打扮得齊整、哪除下舊巾

（攀看衣介）換套新衣裳、（趣容立起科）果然停當、哎呀只是怎得孟博兄出來、不免

他一聲、嗄孟博兄、（對下急催介）（內老生慢應）怎麼、（小生頓足催科）起身

曾、（老生笑答）嗄起來了、（小生）哎呀如此快些出來噓、（心急苦聲介）（內老

嗄哈哈哈來了（老生長方巾緞褶三髯上）（俗作哈軒擦眼

應整冠顧衣介）

前腔鄉心切、（作瀟灑文士狀）旅夢長、（小生作立坐不寧狀白）孟博兄快來、（老

唱）爲何因催促恁忙、（小生立起叫介老生見科）（各笑顏隊過介）你衣衫停

（施禮對坐介）匆匆挈伴將何往、（小生坐以敲脚白）孟博兄難道你就忘了、（

生）小弟不曾忘什麼、（小生）謝素秋約我今日相會嗄、（老生

介）何乃太早、（小生）早嗄小弟以爲遲矣、（老生又笑介）（小生

探花信浥露、（指動露臂介）何妨護花神、遇風須障、（老生啞笑謔唱）你似遊

粉牽香惹鎮日顛狂、（小生白）咳咳咳、不是嗄、昨日他內府承

已完、一定早回、今日我們早去嚜、也見志誠些、（老生粧憨

態介）如此喫了飯去、（小生急立揉老生介）哎呀兄回來喫

老生哈哈哈好箇老實社家子弟、俗增爲了你這寡相思之句非既如此就請同行、小生

嗟、作各出門行介小生作心忙步緊式同唱科

前腔韋娘面、刺史腸、兩相逢、迷留怎當、老生慢走小生回顧

扯老生衣白快些走嗟、唱作大步踱介芳心密意、相偎相靠從前講、作

介老生白此間已是、小生請、二生欣進各各等看索然老

作看介老生白嗄看這光景想還未歸、小生怎見得、老生

唱你看雕欄畔、鸚鵡聲喧、畫簷邊、蜘蛛塵網、小生減笑略

向內亦觀方覺狀白眞像箇不曾到家的、唱不見銀箏拋

玉臺閒放、老生故意攪白既不在家、我們回寓去罷、小生急

介哎呀天氣尚早、我們且在此坐待一回、各請小生如心

雜播式進坐介丑扮伻頭布海青小綜帽一撮鬚作慌式

上介院鎖春風楊柳、門深夜雨梨花、未許情諧琴瑟、空勞

遶琵琶、我乃謝家伻頭、今早去候姐姐、不想被王丞相拘

在府、只得獨自回來、咦、先有兩箇闖寡門穀里哉、小生老

嗄、伻頭你回來了、丑原來是錢老爺、趙相公、小人磕頭、小

老生起來、小生急問你家姐姐呢、丑不要說起、姐姐在內

承應已完、昨日又到王丞相府去、不想被他囚禁、不放回

以此只得自回、小生老生爲什麽把你姐姐囚禁呢、丑哪、

前腔只爲花容麗、玉貌揚、那王丞相呵、死臨侵、要求鳳凰、小

大駭白住了、你家姐姐、從也不從、着力云老生帶譃白自然從的

嗄、〔小生厭式〕咳咳咳、〔丑〕我家姐姐是抵死不從、〔小生〕拍手〔介〕好、這纔像箇素秋、〔老生〕只怕未必、〔小生〕咳、以後呢、〔丑〕王相見姐姐不從、他就發起惱來、〔小生老生〕怎怎怎麼樣、〔丑〕把溫存情況、變做了瞞神諕鬼喬模樣、〔小生白〕把你姐姐、囚在那裏、〔丑〕囚禁在那箇這箇、靜房裏頭、〔小主〕嗄、靜房、〔老生〕可憐〔小生掊拭淚低哭介〕素秋嗄、〔丑〕哎呀苦惱嗄、〔唱〕昏騰楚岫雲遮、黑漫漫陽臺路障、一似籠囚鸚鵡、淚打鴛鴦、〔小生哎呀我那素秋嗄、怎得箇出頭日子嗄、〔雙手掩面哭介〕〔老噓〔白〕喲、此淚出於何典、〔丑〕錢老爺趙相公且拉裏、待小人去打聽、渠若肯放我里姐姐呢罷哉、〔小生老生〕不放呢、〔丑〕勿肯放、苦我伻頭勿着拼子渠哉奢、拼子渠哉奢、〔下〕〔小生〔生〕好、快去打聽、快去打聽、〔小生〕哎呀兄嗄、我和你商量商救他出來便好、〔老生〕喲、王黼的威勢、人人畏他、他把一箇女藏在府中、你我兩箇措大、便思量去救他、太迂濶了、〔小如此怎麼好、〔老生帶詼戲白〕依小弟的愚見、〔小生〕怎麼樣、〔生〕我們回去罷、〔小生〕咳、既來之則安之、且耐心坐等一回、者放了出來、亦未可知、〔老生〕兄、一定要在此等、〔小生〕自然〔老生〕也罷、我有朋友在南薰門外、向欲訪他、此去卻近、兄在此等我去訪了他來、與你同回、下處如何、〔小生〕使得、兄了就來嗄、〔老生〕就來、蓬蓽存寒士、〔小生咽哭介〕哎呀素秋

〔老生〕伯嚋兄、小弟獨行不慣、與兄同去走走、〔小生〕咳咳咳

便、〔老生〕哈哈哈失陪、衙門訪故人、〔下〕〔小生〕作冷水淋身狀

〔歎科〕咳、細悲聲式素秋嗄素秋、〔唱〕

〔正宮正曲〕〔普天樂〕〔又一體〕只指望撩雲撥雨巫山嶂、落神掃興介誰知道烟迷霧鎖

臺上想姻緣簿空掛虛名、離恨債實受賠償、想杜牧之是我

生樣只合守蓬窗茅屋梅花帳、素秋忽作癡想急立起介我想你此時呵托香腮發女形式

倚廻廊斷難左手搭右手似抓淚式穿淚珠千丈、只落得趣顏探手介兩邊恩愛做了兩地徬徨

狀鬆神軟垂雙手攤坐呆想頓雙足氣忿立〔白〕咏、王黼嗄

黼、〔唱〕

〔錦纏道〕〔又一體〕笑村郎、依文而做硬軟收羅式強風流攀花隔牆、錯認做楚襄王、全沒有

星兒惜玉憐香、我這裏相思暫危如石梁、他那裏愁悶城堅

似金湯、磨勒急來求佛狀在何方、那沙叱利又十分威壯、如無措轉憂式何更酌量眼

得石沉山障、怨只怨孤辰寡宿命相妨、〔小桃紅〕〔與越調正曲不同〕撓作埶

着蠍做心中癢蟲不下樽前釀、謊歌氣憤攻心晝獸形介郎奪了平康巷、花衙衕添箇

魂將溫柔鄉湧出瞿塘浪、眼睜睜教四面一觀頓腳大攤手抓衣捺胸退下冷坐介我意惹腸荒〔白〕咳、等了

日、錢兄不見來、伻頭又不至、天色已晚、罷罷、且回下處去、明

再來、〔欲走欲住〕嗄〔回首冷看介〕咳、或者有些好消息、亦未

知、〔低頭垂手慢步踱出介〕

〔尾〕休言好事從天降、着甚支吾此夜長、〔歎介〕羞殺我晝不就忍恥嬌悲介

兒漢張敞、〔右手將左臂甩手慢下〕

本是織
女牵牛誰料做
参辰夘酉

二旦走法或前或後或止或偏或對面做或朝外訴依文點染切莫欺場小旦常存弓鞋窄窄嫩柳腰身要做出汗流兩頰氣喘腰肢方像走不動行逕俗走

草地（小旦綢紗兜頭元色襖打腰裙上）（脫郤妓女氣演做常人妻不可自矜幽雅）

（中呂引子）滿庭芳帝里繁華、長安人物，糚成宣政風流、綠窗朱戶、里爛銀鈎、（老旦帕兜頭布衣打腰裙背包裹上）（花婆雖爾爲不作勾引牽頭比闇婆等高出一首演之）一旦刀兵齊舉、旗擁百萬貔貅、（合）長驅入歌臺舞榭、風捲落花愁、（依正格內七句）

（小旦白）一朝鼙鼓揭天來、百二山河當地灰、（老旦）驛夜驚塵土夢、繁華猶自故鄉囘、（小旦）花婆、（老旦）素娘、（小旦）得你恩山義海、（老旦）好說、（小旦）脫離我虎窟龍潭、（老旦）點（小旦）如今幸得軍聲漸遠、只是奴家途路生疎、不知還投條路去好、（老旦）嗄、素娘這等亂離世界、惟有全生要緊、若

到衙要去處、恐怕安身不穩、老身原是雍邱人氏、彼處嗄戚甚多、況且僻靜兵燹一時不到、就走這條路何如、（小旦）憑花婆指引、（老旦）既如此、請這邊投南而去、（小旦）是、（作聊打腰整兜頭老旦掇上背包帶走帶唱）

（正宮集曲）傾杯玉芙蓉（又一體）（傾杯序首至五）抵多少烟花三月下揚州故國囘首爲甚的別了香閨辭了、瑤臺冷了、琵琶斷了、箜篌（玉芙四至）怎禁得笳蘆塞北千軍奏、（老旦氣虛步拋介）怕見那烽火城西百尺樓、（老旦作腰痛右手甩槌式）（合）似青（小旦氣噫）柳（掇裙作脚疼腿酸狀）飄零在路頭、問長條畢竟屬誰收、（小旦作翅趄步介）（老旦扶）

（白）素娘、看仔細、（小旦）哎呀花婆、奴走不動了、（老旦）哎呀我也如此、（小旦）那裏略坐坐再走、（老旦）嗄、就在草地上坐

三角不覷想
非

再行罷、（小旦）有理、（以袖撣地圈膝軟坐式）（老旦）待我放了

（下場介）裏我們坐坐再行、（小旦）便是、（老旦）哎喲喲走得我腰疼腿

了、（用袖拂地帶嗽坐右地俗作老旦怨言非）（小旦）花婆、累

受乏、（老旦）好說、噲、素娘、似你這等風流瀟灑、如花似玉、向

風塵知心有幾、（笑顏着力問介）（小旦作一思一笑云）花婆嗄、（唱）

【中呂正曲】（攤破地錦花）笑悠悠若箇是知心友、（雖排次曲要當主曲唱之數盡烟花實陋式）（老旦掩口點頭笑

（小旦皺眉云）門戶中道路嘿有甚好處嗄、（覆笑介）（老旦微驚式應

（對外歎科）咳、（小旦正顏唱）恩變做讐、但相逢便與兩字綢（但諂容假媚狀）

多少鸞鳳誰是雎鳩、鬼狐尤錯認做親骨肉、（恩嬉式）（老旦笑答白）嗄、素

娘每常見你懷着一幅紙、像有詩兒在上、是誰贈的、你這

珍重、（小旦笑顏白）嗄、是濟南趙解元贈我的詩、佩帶在身、

婆請看、（老旦）取來、（作細看做薄懂介）（小旦）此人纔是我的

知、可惜不曾見面、（老旦喚笑）哈哈哈、又來作耍老婢了、那

不見面的相知、（小旦）花婆誰作耍你、卻有箇緣故、（老旦）什

緣故、（小旦）那趙解元是山東才子、奴家也教坊有名、故此

人說道、男中趙伯疇、女中謝素秋、天下無雙、人間希有、兩

思慕、實有多時、他前日到京會試、兩次相訪、止因公事、未

見面、這是他贈我的詩、不想值此大難、兩邊不知下落、又

知日後、得見面否、（老旦）請收了、（小旦照前珍藏介）（老旦）嗄、

來就是趙解元、（小旦駭科）花婆、你在那裏見的、（老旦）嗄、他

日來叅見丞相、老娉在屏風後看見的、（小旦）怎生樣箇人
（老旦）哎喲喲、好人物、好人品、果是素娘的對頭、人言不差、
（旦）花婆就請說說一說、（老旦）天色晚了、趲路要緊、（小旦）急狀
早哩、請說了趕走未遲、（老旦）嗄嗄、說說、噲素娘嗄（小旦）他
訪素草地窺醉此三齣之諢科甚爲同病犯重窺醉宜用次之此齣應刪
麽一箇模樣、（精神足覷介）（老旦借口描摹唱）

（古輪臺）我見他態夷猶、綠袍新染翠雲流、雙眸烱烱星光溜、
小旦作字字鑽心狀老旦宜句句切體唱　從指包裹非
是箇風流領袖、況詩句清新、包籠着許多機彀、（小旦軟歎介）
小旦漸掙起作撇喜添愁
旦作掙起背包裹與小旦拂埃又自撣介
是織女牽牛、誰料做參辰卯酉、恨無端鶼鶼拆鸞儔、（老旦獨
似這般風僝雨愁、到有箇天長地久、更才子多情佳人留意、
間傳語三事、豈人由俱輻輳、管教百歲咏河洲、（小旦唱）

（尾聲）離鄉背井多出醜、今夜情魂不住陡、（老旦白）素娘、已是
邱界了、（小旦唱）錯把雍邱做帝邱、（下）

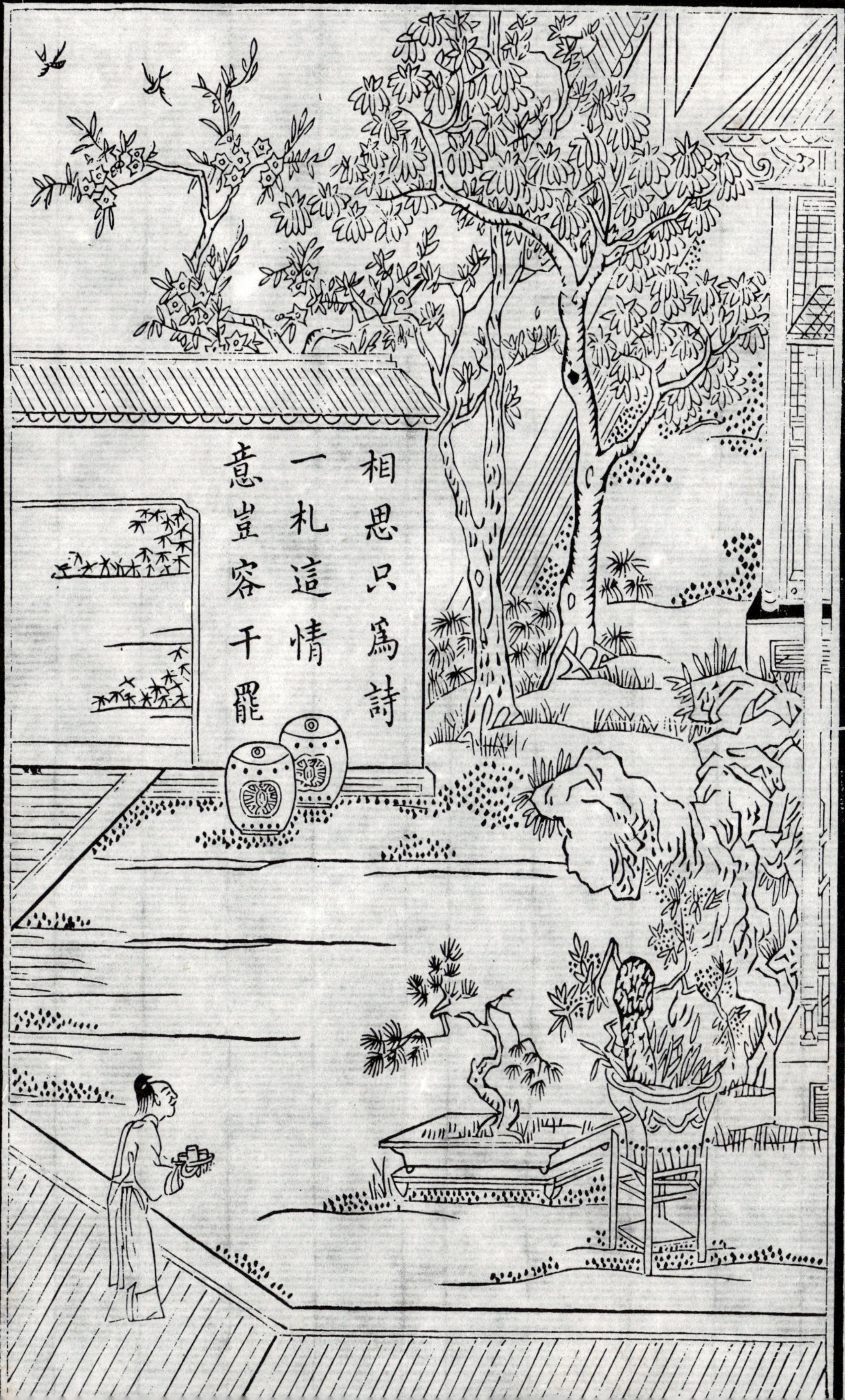
相思只爲詩
一札這情
意豈容干罷

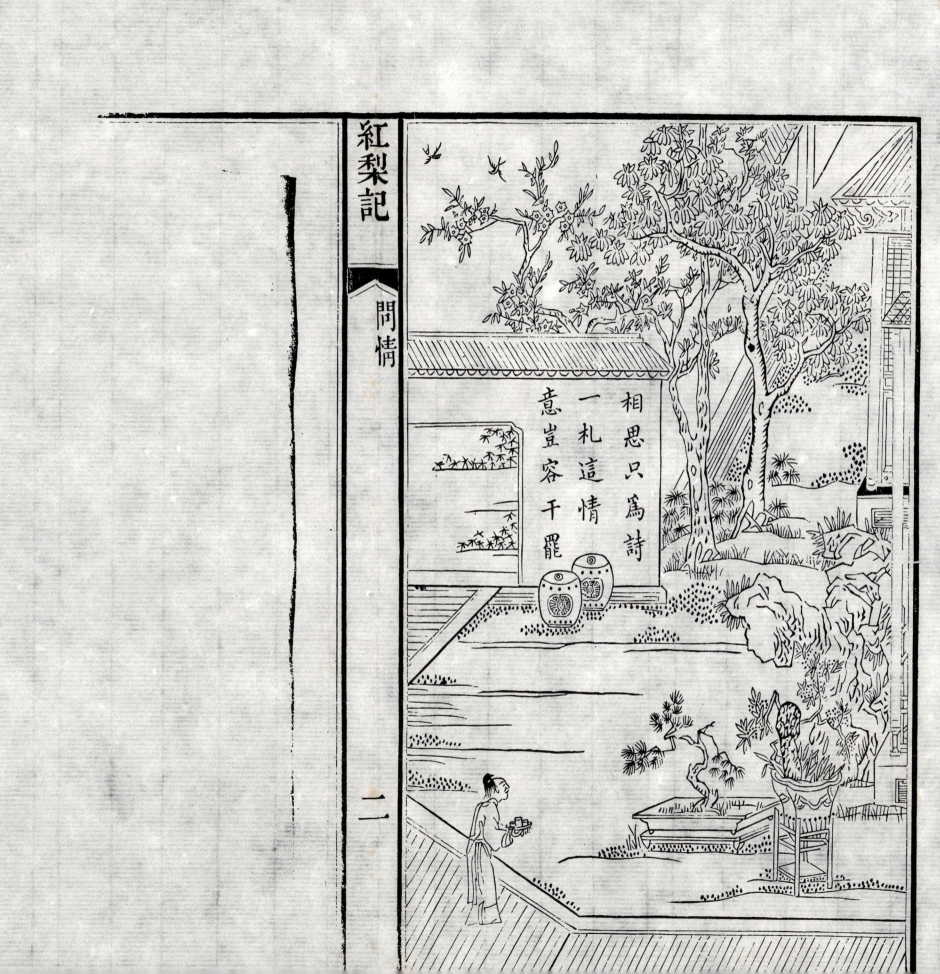

問情〔老生紗帽披風三髯偏袖上〕〔雖爲縣令身分不同〕後上用扇妥

南呂引子〔生查子〕客淚墮清笳、爲國憂偏大、知己遠投簪、心事方達、〔白〕此白或用不用亦可下官錢濟之、自從復任以來、且喜境內寧靜、戎馬無侵爲趙伯疇未知下落、日日懸念、今早見城門報單、有個濟趙解元喜之不勝、事冗尚未延接、前日謝素秋來逃難、次喚來看看、果然好個女子、不枉那伯疇這般致念、才子佳實是良偶、兩下多不期而來、可不是天作之合、我意欲了一段姻緣、故喚素秋進衙、他有同來一個老嫗名曰花婆、官令夫人同他兩個另住西衙、只有兩件事難處、一來謝秋是妓女風塵心性、未知肯隨窮秀才否、二來趙伯疇心

顛狂、未見時尚且時刻掛念、一見之後、定然迷戀、怎肯把名着緊、今日且教夫人細細問素秋一番、若眞個有伯疇的那時另自有處、着另伏線狀嗄夫人那裏、〔正旦披風帶扇通作搧扇上〕〔輕亦宜偏袖上〕此夫人不過十己內年紀未可太蒼〔作

前引〔官舍絕喧嘩、繡閣薰蘭麝、暮靄照窗紗、樓上晚粧罷〕〔各介對面坐〕〔老生白〕夫人、前日教你看謝素秋行動、果是如着另問介可做得良家之婦麼、〔正旦〕相公、這妮子倒也有些好處、歡顏誇式丰俊雅、可方洛女湘妃、生喜介德性溫純、不減少君德耀、生異狀絕無綺羅黛之態、豈是尋常庸碌之妻、〔老生大悅〕〔云〕夫人、我對你說、東趙伯疇是天下才子、丑扮梅香暗立上謝素秋、亦天下美人、所以人言、把

兩個並說、兩人也各相思慕、但未得見面、今因避難、多來
此、我意欲與他了此一段姻緣、〔作一頓〕未知素秋心事若
又不好親自問他、你着丫鬟喚他過來、盤問他一番、我在
邊潛聽、看他如何回你、〔正旦〕奴家知道了、梅香你到西衙
謝素秋花婆過來講話、〔丑應下〕〔老生立起〕下官失陪、〔正旦〕
公請便、〔老生〕不用施禮 才子佳人遇本艱、兩邊衫袖淚痕斑、〔下〕〔正旦
立至中慢轉身正坐介〕 懸知玉洞桃千樹、不是仙郎不與
〔丑引兩旦上〕 這裏來、〔小旦〕元色襖用白綢帕包書藏袖內
〔前引〕飄泊類楊花、鬧殺銀箏馬、〔老旦布衣帕打腰在小旦第二句引以隨上緊接引唱上〕
夢遶天涯、簷鐵驚初打、〔丑對小旦云〕請少待、夫人素娘花婆

〔正旦〕快請、〔丑〕是哉、夫人請你去、兩位進去、〔老旦〕素娘、夫人
喚和你一同進見、〔小旦〕是、〔各進科正旦優容早待〕〔小旦〕夫人
謝素秋見、〔欲叩正旦雙手攙住〕 哎呀呀、已曾見過、何消如 照應前文
〔小旦〕嗄、從命了、〔各福介〕〔老旦〕夫人、老婢花婆叩頭、〔盡下〕〔正旦〕罷了、扶起
〔丑即扶介〕 嗑奢頭介、〔老旦帶笑起立右〕〔正旦對丑云〕 看坐、
應作設坐介〕〔小旦〕夫人在上、怎敢坐、〔正旦〕有話動問、請坐
〔小旦〕告坐了、〔正旦同福〕好說、請、〔小旦〕請、〔各坐小旦見老旦
立起正旦會意丑紐嘴叫老旦坐暗科老旦踢促介〕〔正旦〕
婆你也坐了、〔老旦〕喲、老婢怎敢坐、〔正旦〕老爺不在、坐坐何
〔丑〕夫人叫伍坐囉、坐哉、〔老旦〕如此告坐了、〔正旦〕恭小旦坐

旦將椅掇下亦坐〔正旦〕看茶、〔丑應挐茶先遞正旦介〕〔正旦〕對
〔小旦〕請、〔小旦對老旦〕請、〔老旦慌式〕請、〔丑〕哎呀教我難哉原
夫人來〔正旦先挐盃作請小旦次接盃介〕〔丑〕老親娘也喫个
一鍾〔老旦直立〕哎呀姐姐多謝你、〔丑〕奢說話〔啞笑介〕個老親
娘、倒好白相勾介、〔三旦各喫停盃小旦〕夫人呼喚〔老旦合〕
有何分付、〔正旦〕今日衙齋無事、特請你二人過來閒話、〔小
老旦〕正該陪侍夫人、〔正旦〕好說請、〔各飲畢介〕〔丑撿介〕正是
奢事體了、請你丟兩個過來嘿、說說話話嚼嚼寡蛆、〔正旦〕
〔丑狀〕唔、〔丑自笑〕啐、原沒我勾說話分、〔下〕〔正旦于袖出扇〕素
（句句作試探語做）你本是風月隊裏班頭、花柳叢中領袖、（小旦作慚狀）今來棲身在此、恐

熬不過這等冷淡㗐〔小旦正顏溫答〕夫人說那裏話、妾雖
沉花柳、心切冰霜、瑤簪翠鈿、何如裙布釵荊、蕙質蘭襟、寧
遊絲飛絮、雖落花無主、暫爾隨風、而貞栢凌冬、不妨傲雪
人聽稟、
南呂正曲〔繡帶兒〕（着力細唱直做）烟霞性自矜幽雅、風塵厭殺繁華、（正旦探其心蹟觀其舉止式）〔正旦白〕㗐你
門戶中人、怎厭得繁華、〔同對老旦〕㗐、〔老旦應〕便是、〔小旦皺
搖首唱〕休提起弄子弟勾欄、亦何心賣笑耍琵琶〔正旦假
狀白〕你小小年紀、就想從良、敢是說差了、〔老旦〕是說差了、〔
旦唱〕（正旦注意聽介）非差錦窩中、多少閒鶯怕、獻風情猶如嚼蠟〔正旦聊
又挑唱〕你這笙歌隊少甚麼、鸞屏鳳榻、怎肯守、梅花紙帳

寡〔老旦〕

〔前腔〕〔換頭〕休訝他怎敢向夫人行亂囉（閑以幫閑襯正以正作）記當日在路次閒話〔正旦白〕他在途中曾對你說甚來〔老旦唱〕他說道怪的是熱鬧嘩喜的是清淨瀟灑〔正旦作看小旦上下小旦低首介〕〔老旦白〕夫人他還有一句心上話對老娉子說哩〔正旦故意緊問介〕他有什麽心上話對你說〔老旦應介〕〔正旦〕唔唔你不要誇耶〔緊逼狀〕〔老旦唱〕哎呀非誇（小旦作欲叫老旦遮瞞意狀）佳人才子名並亞鳳求凰已通司馬〔正旦佯問白〕嗄司馬是誰〔老旦〕就是〔小旦急似立作搖住式〕花婆〔老旦掩口〕嗄〔正旦〕嗄〔小旦坐下〕夫人不要聽〔正旦作顧老旦各暗笑小旦毒眼看老旦〕〔老旦唱〕他在長途里

端問答〔老旦遮云〕說說何妨〔小旦〕若對夫人說呵〔唱〕可不羞（右袖手攤介）人空做話靶〔正旦〕

〔太師引〕〔又一體〕（微露真情狀）這事兒豈由得他人話好姻緣怎同蠟柤（小旦作話出有音式做）〔白〕素這人兒我到猜着有幾分〔小旦含羞不答〕〔老旦〕夫人那裏猜得着〔正旦〕哪〔唱〕（對小旦右手揑扇指外）他種得廣寒仙桂（指小旦介）你裁成閬苑奇葩〔小旦俛首靜聽似悅又異式〕〔老旦白〕哈哈哈夫人倒說得好笑說一個他一個你不說出姓名來可不道他是何人你是耶〔正旦〕花婆我說來定然不差〔唱〕（對老旦左手執扇攤指外）他是青齊俊少（小旦作竊聽科）名四達（正旦扇遮附老旦耳輕唱笑指介）與那人兒有些緣法〔老旦啞笑掐手白〕着夫人猜得着那兒就是山東趙解元素娘想的也是他要嫁的也是他〔笑

（小旦作臉紅怨剖狀）啐、（唱）你這撮合口、胡言亂喳、天嗄嘆〔立起壽指看老旦介老旦作之趣陪笑科〕認眞了、認眞了、（正旦
笑老旦）夫人他在那裏哭了、（正旦就機發謔）花婆你也少說、（老旦再不敢了）（正旦）嗄、（老旦）咲（各笑科）民、非舊知、他在何處彈鋏、（老旦白）素娘心上、果有如此、只是
人何以知之、（正旦撇去試問狀）趙解元與我相公至友、在
時文與同寓、是以盡知、（小旦老旦至此方明式）（正旦）素秋、
把一向往來踪蹟、細說一遍、（小旦）夫人嗄、（唱）
〔前腔〕（又一體）〔俗作重起板非〕那解元風雅連城價、譜鴛鴦無端奏、咱盡道是連〔正旦善顏點首〕
合璧、卻無由樽酒、杯茶、（正旦駭異狀白）這等說來、還不曾會
的、（小旦低頭悲應）（老旦）喲喲、卑是不曾會面若曾相識、
時候可不想殺了、（正旦）既不曾會面、爲甚這等着緊、（小旦）
之相知貴相知心、〔着男云〕那在見面嗄、（正旦又信）嗄、（又憐對老歎

（小旦唱）相思、只爲詩一扎、這情意、豈容干罷、（老旦白）夫人、
解元既是老爺的好友、（唱）何不移書去、教他來下榻、使襄〔正旦含笑點〕
〔看小旦科〕神女、早會巫峽、（正旦對老旦云）容易、（又對小旦云）容易、（小旦
信半疑狀）（老生欣然上）偶語風前一笑深、月中人許報佳
着意種花花不發、等閒插柳柳成陰、（進介）（老旦）老爺來了、
立起介）（老生）夫人、〔俗作老生正旦又見禮非〕（正旦）相公、（小旦）老爺在上、謝素秋叩頭、
（生）哎呀不必、（恭手介）請起、請起、（正旦扶住）常禮罷、（小旦福
從命了、（老旦）老爺、老婢花婆叩頭、（叩頭介）（老生）罷了、〔俗增多問〕（正旦
〔素秋是非〕（小旦）請坐、（老生亦恭介）請坐了、（小旦）告坐了、（老生）素秋、你
言語、我多聽見、心事亦已盡知、假如趙伯疇在此、你肯伏

他麽、（老生假言探色問）（小旦正語恭容答）賤妾願終身事

萬無他變、（老生冷笑是信還疑式）素秋在我面前、說不得

話、後日不要懊悔嗄、

【三換頭】（又一體）（此曲尺寸畧寬無礙又作一頓法）你是天生俊娃、自幼在平康逗耍、他是窮酸措

（俗撤你字非）你怎熬得、雲寒月寡、（白）花婆過來、（老旦）老爺、（老生唱）生恐怕

眞後假、這其間、怎發付那壁廂情歡意洽、（作附老旦耳低唱）（老旦會意白）待老

去對他說、嗄素娘來、這姻事、（小旦立答）老爺作主、就是官法了、（認眞重念小旦笑答老生正旦亦笑介）（唱）既

你有意攀堤柳、休別把、春情寄落花、（小旦）但願百歲相依、肯

今朝葛與瓜、（正旦讚歎唱）相公、

【東甌令】聽他一番話、意甚嘉、料想他們也非是假、准備着、百（此二句俗作老生唱）

姻眷花燭下、肯再逐楊花嫁、（小旦）若還得遂美生涯、這恩德

來大、（叩頭介）（正旦白）扶起來、（老旦扶小旦介）（老生）夫人、他的

願如此、可敬可敬、（正旦）便是、（老生）素秋趙解元、向有一詩

你今還在否、（小旦）怎敢忘失、（唱）

【秋夜月】（又一體）我着肉籠、拏外纏裹鮫鮹帕、（俗作羅帕裹書非）淚點重重湮花剳、（湮誤唱烟非）（老

生白）花婆、取過來、（老旦）是、（將書送老生看介）（老生）果然是他

的詞翰、（唱）當年秀色猶堪把、（小旦）詩句兒在這答、知他流落

在那答、（老生白）詩稿你且收好了、（老旦接遞小姐收介）（老生）

要見趙解元也不難、昨日他先已來此、（小旦立起欲行急

在那裏、（老生大笑正旦老旦亦笑科）（小旦臉紅步褪俛首

㨨斜身挨坐〔老生〕怎麼這等性急、只是有句話兒、卻要依〔老旦〕聽了嗄、〔老生〕趙解元十分注意你、這親事不怕不成、怕既成之後、便不上緊功名、我衙門西側、有所空園、你明先到那邊住下、隨後就送趙解元來、你只說是園主之女、扮做好人家模樣、與他〔欲言畧頓介〕〔小旦擡頭微覷〕〔老生〕顫扇輕云、小旦慍悅介聆綢繆切不可說是謝素秋、直待他功名成就、方纔說出自有道理、你兩人若有洩漏、親事則不成矣、〔小旦起敬介〕領老爺嚴命、〔老生〕嗄夫人、

〔金蓮子〕緊提收羅、看他鬢掩霞粉脂黛綠多嬌姹、〔正旦〕怕字莫作襯字唱怕不似好人家娃〔老旦〕便卸下玉鸞釵一雙雙飛卻鬢邊鴉〔各立起〕〔老生〕

〔尾聲〕喬打扮身兒詐、這些時且粧聾做啞、是必莫把這真情漏他〔小旦應介〕〔俱施禮科〕〔老生白〕綱得西施別贈人、〔正旦〕烟霞似往年春、〔小旦〕常疑好事皆虛事、〔老旦〕秋草春風老此身、〔生〕素秋、明日你就到園中、花婆你另有用處、〔老旦應〕〔正旦〕娘慢請罷、〔小旦〕夫人請、〔老生〕夫人請、〔正旦〕相公請、〔各下〕〔老素娘恭喜你、〔小旦〕有勞你、〔老旦〕賀喜你、〔小旦〕多謝你、〔同下〕

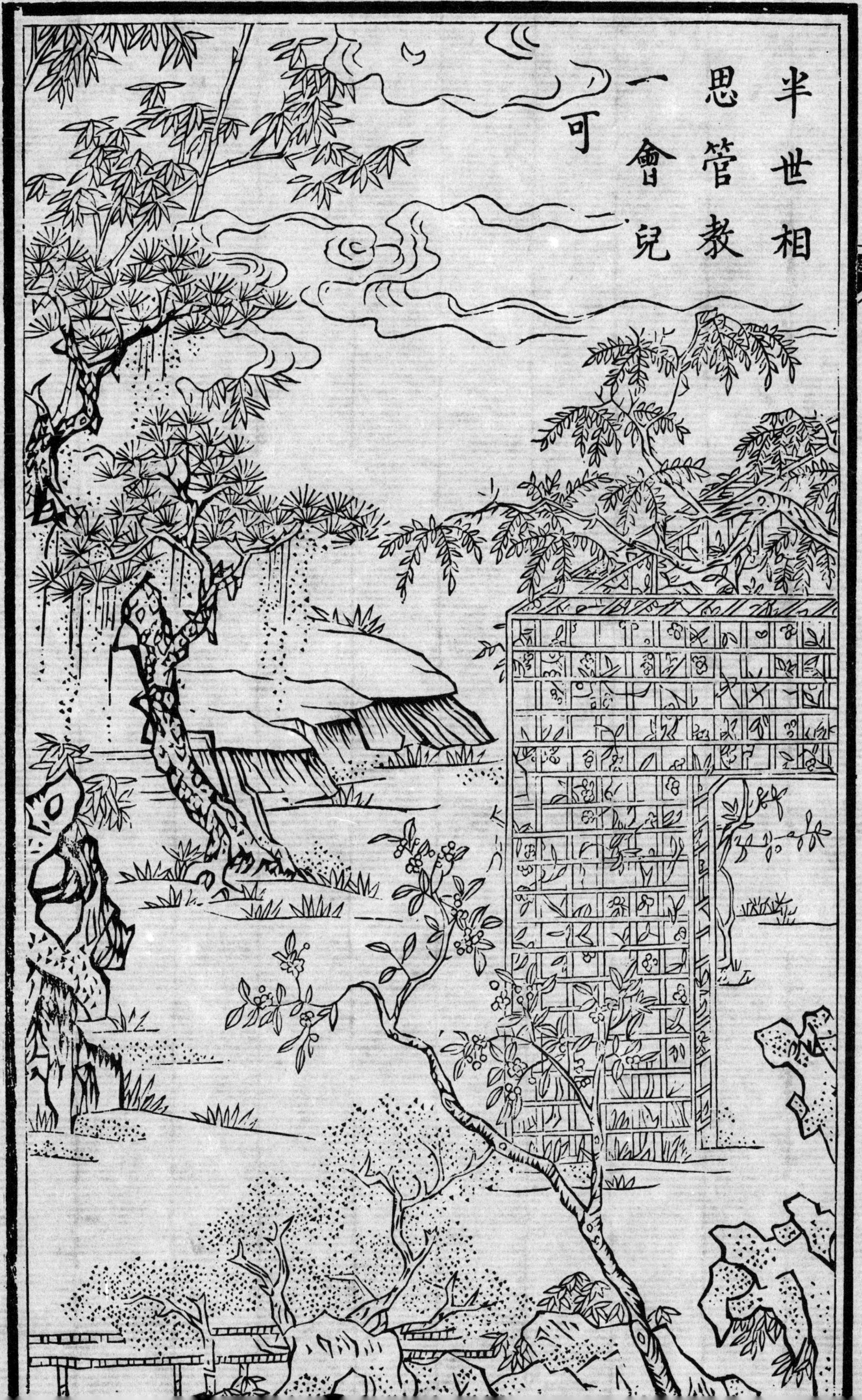
半世相
思管教
一會兒
可

窺醉

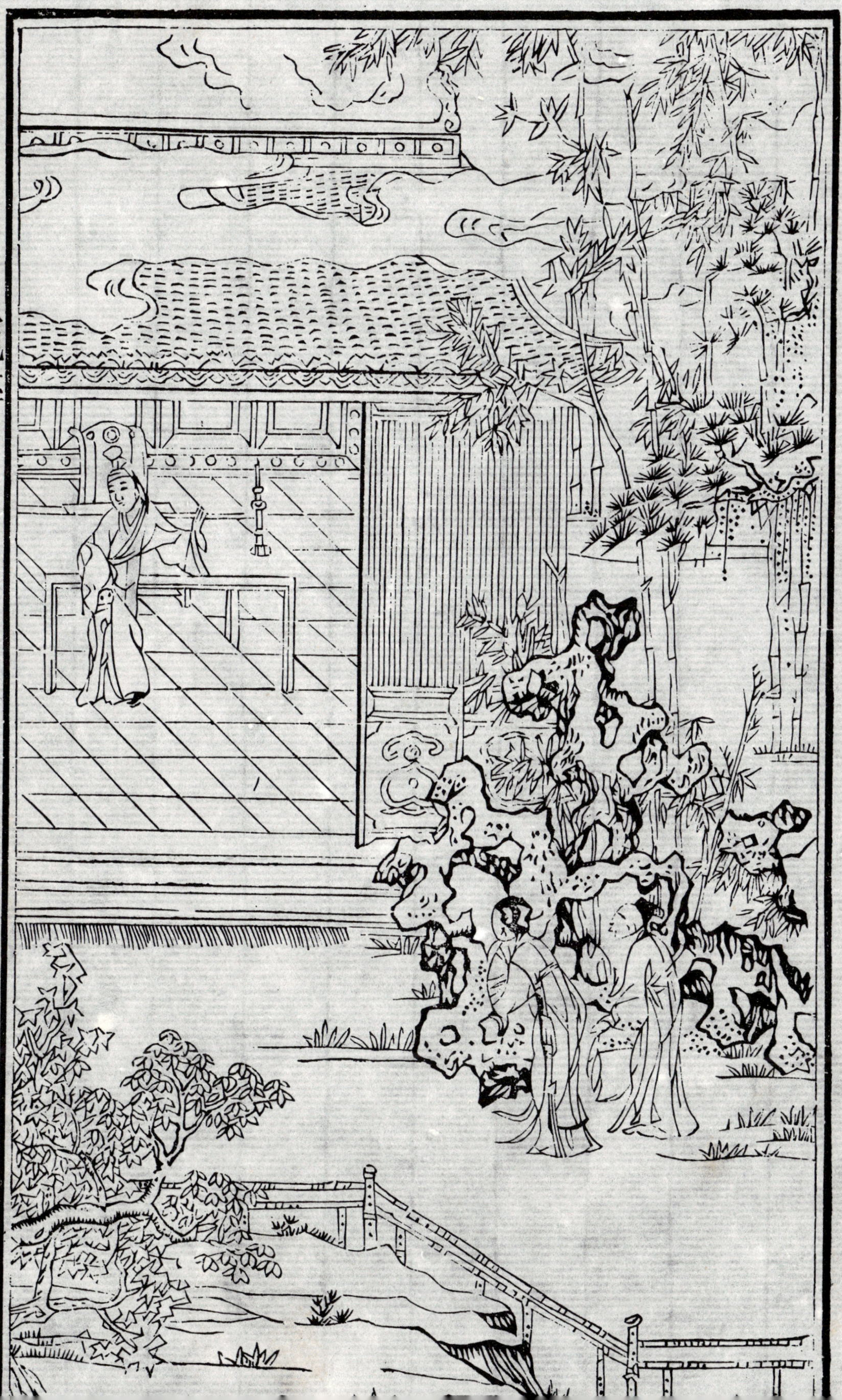

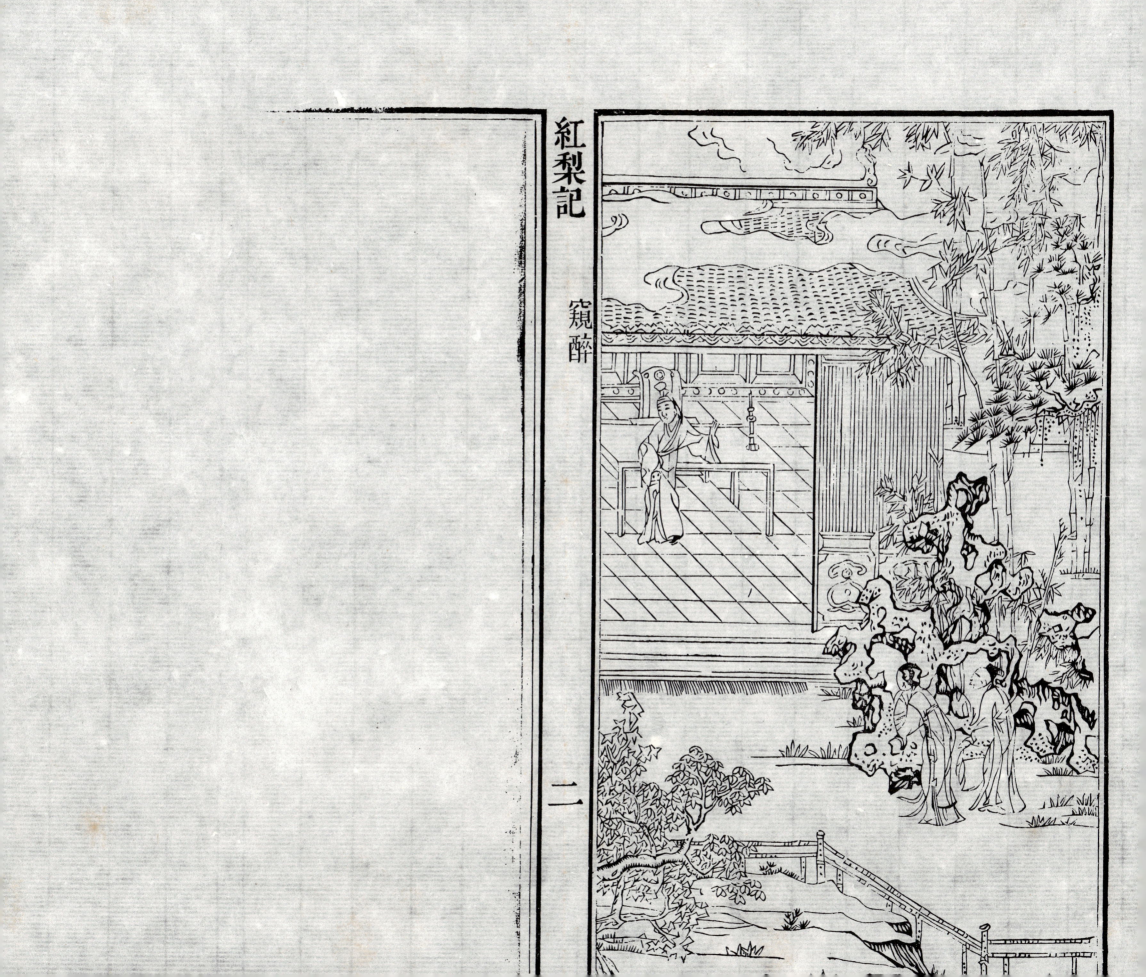

要露新愁增
暗處式

窺醉〔小旦綃紗兜頭元色襖月白綾背褡綠宮絛上〕

越調引子〔霜天曉角〕雙眉暗鎖、心事誰知我、舊恨而今稍可、新愁後如何〔慢轉身勿坐科〕〔老旦布衣帕打腰接引上〕園亭芳草、不見王孫過、〔小旦合唱做〕澹月纔臨青瑣、輕風暗動紅羅、〔各坐科〕〔老旦白〕素娘、看你香肩半嚲、金釵卸、寂寂重門鎖深素䰟初離碧海壖、清光已透珠簾罅、〔小旦〕徘徊不語倚闌參橫斗落、風露寒、金蓮移步嫌苔濕、猶過薔薇架後看、〔老宜熱念素娘、恭喜你、嗄、賀喜你、〔小旦〕應令答喜從何來、〔老旦〕趙解元姻事、爺作主、定然成就、解元已在此半月有餘、他的臥房、就在邊、你曾瞧見他不曾、〔小旦〕花婆、雖是錢老爺主婚、我心上

紅梨記　窺醉　一

〔旦〕便怎麽、〔小旦〕還不要輕與他相見呢、〔老旦啞笑介〕好、素你丟下一包乾棗兒、倒教老婢子賣查梨、〔始悟狀〕我今番着你了、〔小旦〕猜着什麽來、〔老旦〕道破狀你道這姻事、雖是錢老爺分着緊、還未知趙解元心事如何、故此連日躊躕、不肯輕厮見、可是麽、〔小旦〕合笑顛首實是如此、〔老旦正色怨云〕讀書人最是情的、怪不得你料量他、〔回顏介〕只是趙解元不是這樣人、〔旦〕何以見得、〔老旦〕老婢向日曾見來、〔唱〕着力描摹唱

越調正曲〔小桃紅〕〔又一體〕他臉兒旖旎、性兒和、料不放情兒薄也、怎做青樓中沒查沒利、謊僂儸、他若見了你嫦娥、直教他早忘食無多、夜廢寢、眼難合、也怎做得陸賈隨何、〔小旦白〕這事還

花婆做美、(老旦唱)天成就美、前程何須用、賣花婆、(小旦)
下山虎(又一體)則怕他指山賣磨、見雀張羅、滿口兒如蜜鉢、心（新愁說破做）
逝波、那其間有始無終、難開怎合、生察察把雙頭花蕊搓認、
做賠錢貨、把疼熱夫妻向腦後、踆進退難存、坐惹人笑呵、這（睃行又止重坐欷歎科）
是引得狠來屋裏窩、(老旦白)依老娌說起來、那趙解元决不（通作看）
這樣人、若還放心不下、今夜月明如畫、我和你親到他臥
門首、試探動靜如何、(小旦)如此甚好、就請同行、(老旦)嗄、眞
要去、(小旦)呸、(老旦)我倒有些不耐煩、(小旦)嗄花婆、不要作
去噓去、(老旦)嗄去去去、待我掩上門兒、(帶門介)素娘、你看（推肩背介）
明月嗄、(小旦)便是、(同行唱)

五般宜(又一體)我愛你到黃昏光搖碧蘿、我怪你掛青天、冷侵
娥、(老旦白)素娘身上不冷麼、(小旦)不冷、(老旦唱)則恐怕露濕
纖羅、則恐怕樹影參差攪鬆髻螺、(小旦)則這些曲徑嵯峨一（小旦宜用身法脚步）
我遭逢憾軻、但只慮甜話兒落空、(歎介)虛名兒擔誤我、(老旦白)
此間已是他書房、爲何門兒閉上、這等月色、難道睡了不成、
(手摸門看介)呀、門兒鎖着、想是踏月去了、(小生內白)好醉
(小旦)花婆、那邊有人來了、敢是他也、我們那裏躱一躱便好
(老旦)我們且躱在太湖石畔、看他說些什麼、(小旦)有理、(復
偷覷介(老旦)素娘(小旦)笑應推下(小生巾褶作醉態臉喜
憂式上)好月色也、小生旅館無聊、爲友人招飲而去、不覺

醉、帶月而歸咳、有甚心情喫這酒看着這月也嗄、(認科)此
已是書房門首且進去、(帶醉摸匙倒觸作開不開式看鑰
哏笑介)啐、醉了、醉了、(作推開衝進靠桌介)最是分明夜翻
贖淡愁玉人在何處素魄影空留、(推摸進桌嘆坐唱)
江頭送別肩兒上擔不起相思積病口兒裏嚥不下玉液金
何當悶酒樽前過怪不得到口顏酡(老旦低聲悄步同小旦
上聽介小旦偷覷驚喜非常狀老旦亦悅式小生白)素秋、
秋今晚怎生教小生睡得去也、(小旦聞言更加情切)(小生
五韻美(又一體)這相思何時可、(老旦白)風起了、(小旦定神呆看
理(小生唱)顫巍巍竹影窗前墮、(老旦因小旦不理故爾低

白素娘(小旦皺眉嫌狀小生唱)(忽擡乍立身軟又坐)咦眼朦朧疑是玉人過我
園亭寂寞怎熬得更長冷落(白)咳老天老天、(老旦)咳可憐(小
倍加憐愛式小生唱)但得個團圞夢夢見他縱然是一霎
娛也了卻三生證果(作睡介小旦看呆式老旦看內白)嗄睡
了、(小生跌下介小旦欲想扶小生狀自跌介老旦)啐啐、(小
啐醉了醉了進去睡罷、(作閉門科)正是美人隔秋水落月
高樓咳素秋嗄、(老旦)在那裏叫你、(小旦)啐、(小生)你怎生發
趙汝州也、(虛下老旦)嗄(小旦呆介小生復上)嗄啐醉了、醉
下(老旦)進去了、(小旦出神式老旦附小旦耳大聲云)進去
(小旦)啐、(笑介老旦)如何可見老婢這雙眼睛、怎得看差了

方纔你不聽見麽、（小旦）憂轉悅介（老旦）唱

【山麻稭】（又一體）他恨好事無端蹉、好一似天畔、黃姑、望斷銀河、

磨他一句句怨着孤辰難躲、料不是王魁、浪子、尾生、魔漢、宋

伴歌、（小旦）

【餘音】歡來頓覺愁顏破、（老旦）這佳期休教折挫、（小旦）推開小

進介老旦即關門小旦喜歡介 半世相思管教一、會兒可、（老

（白）素娘如今是放心的了嘘、（小旦）啐、（下）

這分明是
個鳳吹鸞生

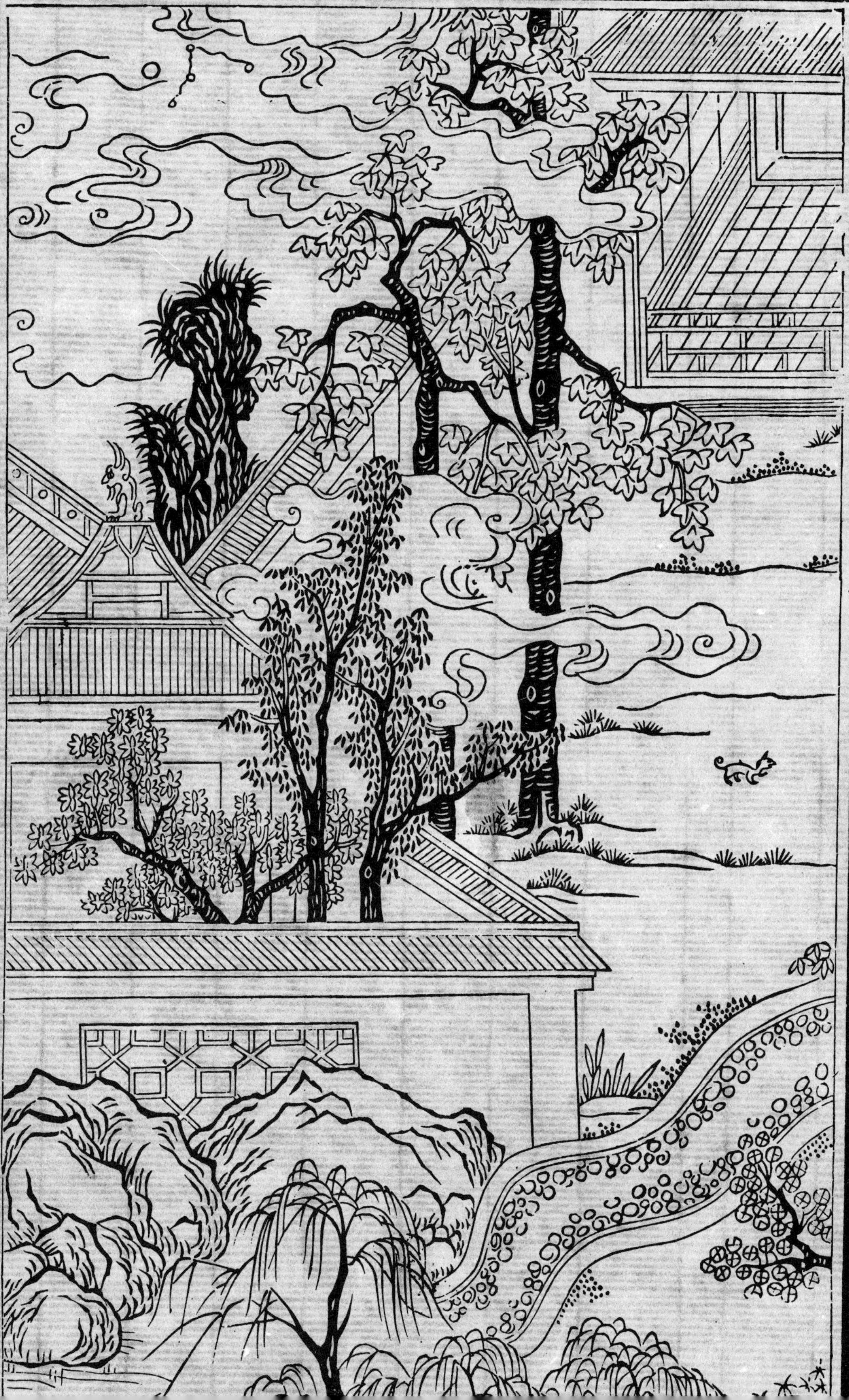

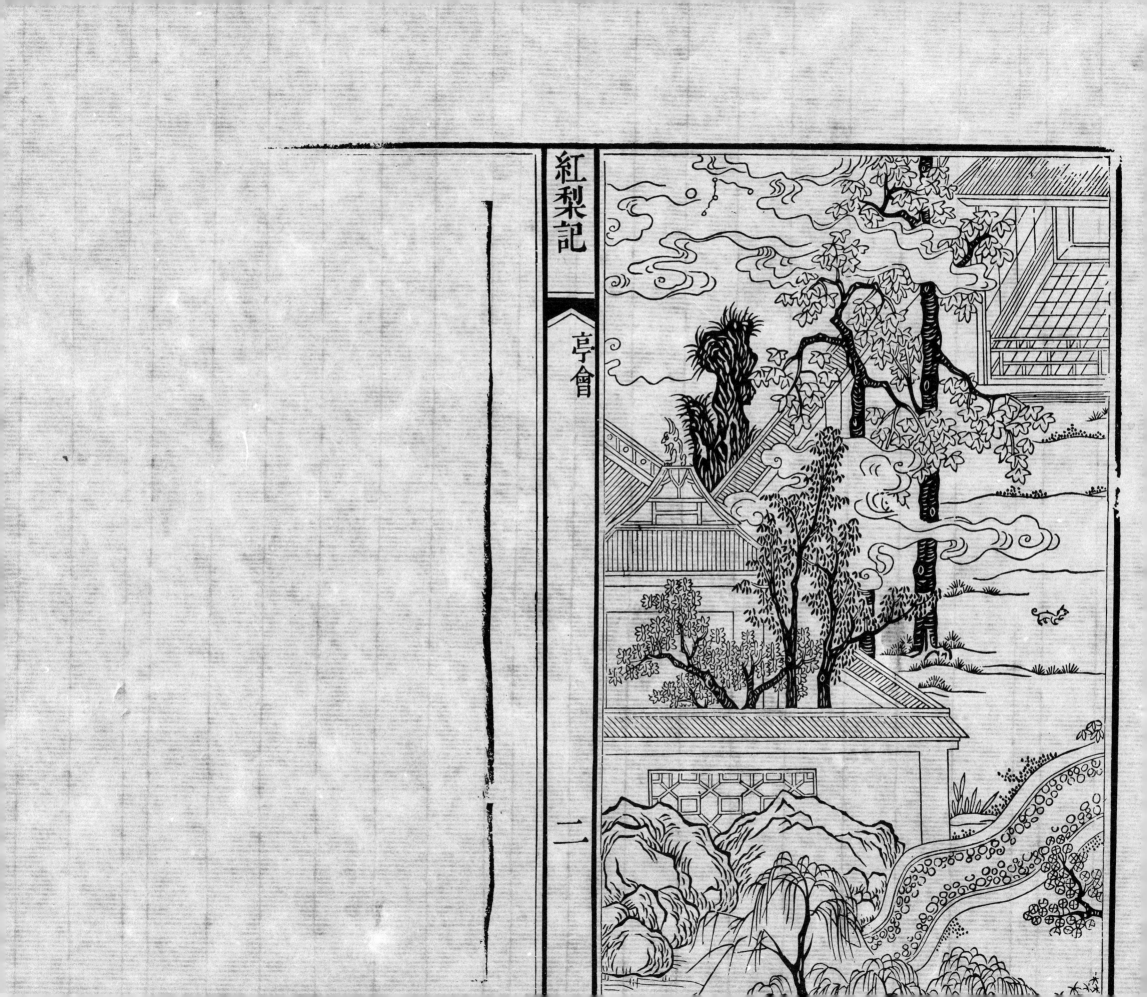

亭會〔小生巾褶執扇上〕〔訪素先以欣欣促迫而上後以憤憤索然而下此齣初以瓓珊無緒終以驚喜牽情做〕

仙呂正曲〔風入松慢〕〔與本宮引不同〕今宵酒醒倍淒清早月印窗櫺好天
夜成虛景青鸞杳好事難成翡翠情牽金屋鴛鴦夢斷瑤笙
〔坐介白〕獨坐傷春不忍眠信知一刻値千錢庭中淡淡梨花
月偏透疎櫺落枕邊小生昨爲友人招飲踏月而歸意與
然只得閉門獨寢忽聽窗外有人行動依稀說出素娘兩
其餘還有許多言語聽不詳細不知我心中牽掛以致誤聽
又不知眞個有人言及我素秋那時卽欲開門看個明白
奈醉得軟了動彈不得只索强睡爲此今日有人約我看
推卻中酒不赴今夜月色不減昨宵我且坐待看有人來

要見個明白想起昨宵景致好不美也〔唱〕

仙呂正曲〔桂枝香〕月懸明鏡好笑我貪盃酩酊忽聽得窗外喁喁
喚我玉人名姓我魂飛魄驚我魂飛魄驚便欲私窺動靜爭
酒魂難省睡瞢騰只落得細數三更漏長吁千百聲〔白〕坐之
久四下寂無人聲不要做了呆漢且到庭中步月一回正
夜闌人不寐月影在梨花〔虛下〕〔小旦插鳳繡襖或繡披袖
歡容豔粧輕移欵袂上〕

〔風入松慢〕花稍月影正縱橫愛花塢閒行潛蹤躡跡穿芳徑
圖箇美滿前程豈是河邊七夕欣逢天外三星〔正坐介白〕奴
謝素秋向來深慕趙伯疇未得見面昨晚到他書房前去

正帶醉回來、果然是美丈夫、自後前程必遠、又聽得口中喃喃咄咄、似乎我素秋名字、他未見奴家、如此注想、心事可矣、就與他結個終身之約、料他不做薄倖的勾當、記得前錢爺吩咐、教我不要說出眞名姓來、爲此打扮做良家模房中央着花婆看守、獨自來到亭上、只說看月、他若來時好與他成就此姻也、（唱）

仙呂集曲 園林沉醉（園林好首至四）我辦着箇十分志誠、還仗着繁星證（整衣掠鬢依詞忻作）一心要、百年歡慶、且來到牡丹亭、（沉醉東風四至末句）把羅衫再整、露透繡鞋冰冷、（摸鞋介）（暗竊尋科）只見寒光窅冥、玉繩暫停、並不見些影形、（白）呀、那邊花枝搖動、似有足聲、敢是伯疇來也、我只坐

亭中、看他說些什麼、（虛下）（小生執扇匆覓式上）

沉醉海棠（沉醉東風首至五句）心不離春風玉屏、望不斷柳陰花影、（白）生獨坐不過來、此步月、就欲踪蹟昨夜那說話的、（唱）早不到中庭、（白）呀、什麼影動、（回身看介唱）原來是梧桐覆井、（內作吠介白）又是什麼響、（向內深顧式唱）遠迢迢犬吠金鈴、（白）哈哈我到好笑、只爲昨夜誤聽素秋兩字、害得來眼花耳了、（月上海棠合至末句）還自省、怪不得人稱傻子酸丁、（小旦在曲內上私窺白）正是伯疇來了、想他不曾瞧見我、且吟詩一首、撥他、（吟詩）竹樹金聲響、（小生駭聽自語科）嗄、是誰人吟詩、（旦連吟）梨花玉骨香、（含情着意吟）蘭閨久寂寞、此夜恨偏

（悄視慢坐介）（小生聽驚介）哎呀妙嗄、詩句又清新、音韻又
嘹、（唱）
海棠沉醉（月上海棠首至五句）我側耳、聽此亭豈是蓬山境、這分明是
鳳吹鸞笙（作迎看亭中小旦立起作迎出介小生見作拂眼
狀白）呀、奇怪亭子上、現出一尊嫦娥來了、只索拜者、（向小
跪介唱）誰知枉、霧駕雲軿、倉卒失趨承恭敬（白）小生凡夫
品俗、眼愚肴、不知天仙下降、有失廻避、伏望恕罪、（小旦掩
立傍）我不是天仙、秀才何須下拜、（小生）就不是天仙、小生
要拜、（擡首起看小旦作遮小生）嗄哎呀、又奇怪、那裏一陣
香飄拂過去、（沉醉東風合至末句）只見、異香滿庭、麝蘭不爭（又作照

嗄、原來是風送着脣脂、襲馨、（白）我且大膽闖入亭子去、飽看
囘、（進介小旦假意故喝）甚麽人闖入亭來、敢是賊麽、（以扇
遮立右下小生涎臉對應站左上）是賊是賊、（小旦背笑介
生唱）
姐姐帶六么（好姐姐首至合）我是鑽穴、藍橋尾生、（小旦暗對以目發科）警跡人相如薄倖
雎是何郎面粉韓生香氣凝（小旦白）既不是賊、是甚麽人、快
說來、（小生六么令四至末）（倚傻而做）我是狂粉蝶浪雛鶯三春獨掌花權柄
春獨掌花權柄（小旦聽之心悅故又正顏白）不許花言巧語、
說眞名姓來、（小生）眞個要眞名姓麽、小生姓趙、名汝州、濟
人氏、本年解元、年方二十二歲、二月十二花朝生、是天下

名的才子噓、(小旦改容語溫)原來是趙解元、請上前相見、
各見禮認明介(小生作攝魄狀背云)遠觀未的近覷方明、
下怎麼有這樣一個女子、(對小旦云)請問仙子、誰家宅眷、
甚清夜獨坐在此、(小旦走右上似並立式將扇似遮非掩
供養海棠(五供養首至八)妾是王家子、姓、父做黃堂、薤露朝零、(小生
原來是王太守的小姐、尊公既亡、家裏還有誰、(小旦唱)萱
當暮景、(小生白)小姐曾適人否、(小旦唱)琴瑟未和鳴、(小生鑽
之悅白)今夜爲甚到此、(小旦唱)今夜月明又作雙關人靜、肅鍼罷閒
遣興、(小生白)這園就是宅上麽、(小旦唱)家君多逸致、手創此
亭(小生白)小生爲錢令公送來暫住、不知是小姐宅上、甚是

攪、(小旦)好說、(月上海棠末句)雞黍、慙無深媿、居停、(小生趣容輕語
唧、小生有緣得遇小姐、唔、不知進退、欲屈小姐到書齋一
不知肯那移寸步否、(涎臉而聽)(小旦媚顏而答)奴家久聞
元大名、靜夜正好請教、(小生喜極狀)書齋不遠、就請同行、
小旦手欲走(內老旦應白)小姐、老夫人睡醒了、快來、(小旦
呀、母親睡醒、奴家去也、(小生)哎呀倉卒云介、請小姐畧住一住、小生
有話講、(小旦)明晚只在書房相等、黃昏左側、奴家一准來
(摔脫急下)(小生情迫狀)一准來的噓、哎呀小姐、你眞眞去
撇我趙汝州、怎生捱過今宵也、嗄、天下怎麼有這等女子、
子、王嬙不過如此、且住、我止見小姐的面龐身材、不曾見

脚兒大小、方纔打從這堦基去的、咦、你看沙土上可不印
笋尖兒般脚蹟、咏早是窄得快、若遲了一陣狂風吹散、怎
得小姐生得十全也、（唱）
玉枝林（玉嬌枝首至合）想他凌波偏稱、羅襪內藏、着可憎行來旖旎
不定、軟紅鞋血染猩猩、（白）待我量一量看、（左手撩右袖右手作量科）哎呀妙、（唱）量來虎
三寸爭爭、幫兒四面都周正、（園林好合至末）怎得他動春情、撥酒醒惡
煩自在蹬、（白）罷罷、只得回書房挨過這宵、明朝是小姐親口
下來的也、（唱）
撥棹帶僥僥（川撥棹首至合）只得甘心等、咳、又恐怕到明朝風浪生、
咏可恨那不做美的老夫人、再穩睡些兒、嘿這好事可不

手了、（唱）雖然他囑咐叮嚀、雖然他囑咐叮嚀、但凄凉今宵
星（僥僥令三至末）教我擁着孤衾、挨長夜、生察察把歡娛作悶縈
尾聲書生自惜多薄命、舊相思未了、新又迎、（似下復轉）嗄咳
舊相思何日得稱情、（下）

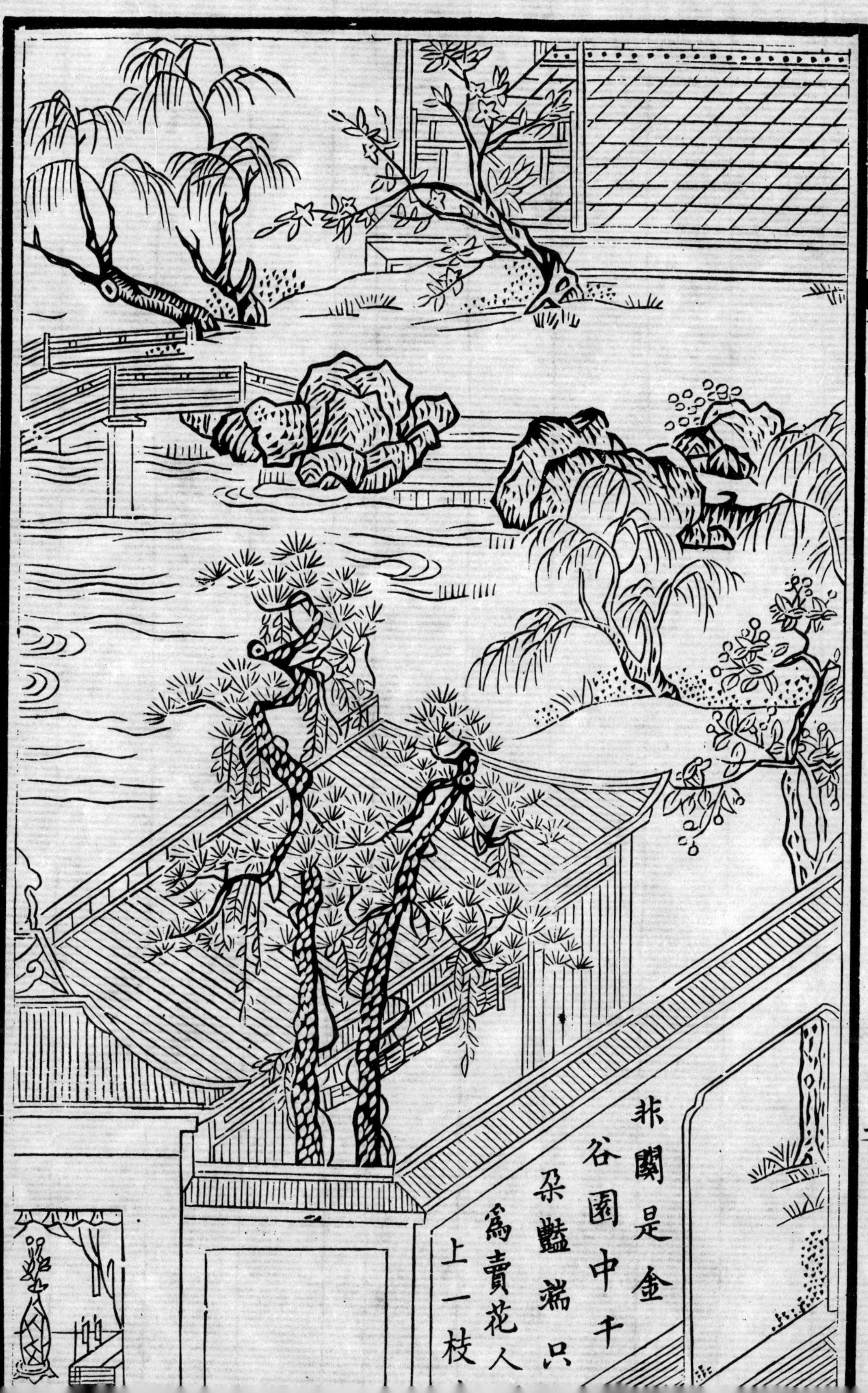
非關是金
谷園中千
朵豔端只
爲賣花人
上一枝

賣花

祇依舊唱與換新腔

賣花〔老旦穿布襖左手携籃籃內放竹葉桃花海棠楊柳右手執短竿白上〕萬紫千紅色色新、擔頭挑盡洛陽春、一聲喚醒紗窗外、忙梳頭鏡裏人、老婢花婆是也、領錢爺命、去說趙解元赴京試、提着這籃兒、往西園採花走遭也、〔唱〕

仙呂北曲〔點絳唇〕只爲着年老甘貧、滿街厮趁、提着個匾籃兒、爲運且度朝昏、將花朶兒作資本、〔進園科白〕入的園來、好花卉〔唱〕

〔混江龍〕你看那洛陽丰韻、三春紅紫鬬精神、白的白碧桃初紅的紅仙杏芳芬、嬌滴滴海棠開噴香馥馥含笑氤氳、〔作枝衣科〕呀、什麽人扯住我、〔看笑科〕原來是牡丹枝、掛住了團

襖、〔作牽裙郎看科〕嗄、薔薇刺抓扎起石榴裙、〔將竿撥科〕〔拂袖式〕爲甚的翻了兩翅粉蜂惹的滿頭紛、非關是金谷園中千朶豔、端只賣花人頭上一枝春、把蜂蝶來勾引、〔小生內嗽介〕〔老旦望科〕呀、遠遠的趙解元來了、喒只顧採花、看他問喒不問喒、〔小生內白〕喲、兀那婆子、爲甚採俺家花朶、〔老旦作驚科〕呀、〔唱〕

〔油葫蘆〕驀聽得喚一聲、婆子、把咱嗔引三魂、嚇得我兢兢戰可也、没逃奔、〔小生內怨白〕好生可惡、〔老旦慌唱〕那哥哥、咬定將人恨、〔作藏籃科〕我這裏忙伸手將花籃揾、我又不是園主掌花人、〔小生上白〕〔老旦連唱〕可憐妖豔正當時、剛被狂風一夜吹、今日鷺來舊處、百般言語怨空枝、小生方纔拜友而歸、來到寓

見有一婆子採花、好生無理、〔老旦〕接唱、又沒有斗大花門

爲甚麽平白地將他花枝來損、〔小生怒容科〕〔老旦看〕〔白〕只得

前去告個不是罷、〔歡顏見科〕哥、老婢子折了花枝、是老婢

不是了、望乞恕咱、別的休說、〔唱〕只可看我貧老又單身、〔老

深福科〕〔小生回嗔答揖科〕〔白〕這也罷了、不計較你、〔老旦亦

科〕呀〔唱〕

〔天下樂〕則見他叉手忙將禮數論、回也波嗔、嗄嗄喜津津、〔小

白〕婆子、我看你年紀老了、採這許多花何用、難道自己戴

〔老旦搖手〕老婢沒福插戴他、〔唱〕止因爲老年人沒計度饔

採將來賣幾文、賣得來換米薪、常言道人怕老來貧、〔小生白〕

來你是賣花爲活的也罷、你且取出來、我逐一看看、或者

用得的、就問你買幾枝兒、俗轍去非送一個人、〔老旦會意笑應籃內

出竹葉遞小生科〕〔小生強笑云〕這是竹葉兒、插又插不得、

又戴不得、要他則甚、〔老旦〕要他打底、哥、不爭你提起竹葉

〔唱〕

〔哪吒令〕想當初李白的開樽、虛疑是故人、王猷的造門、不須

主人、我愛他絕塵、報平安好信、〔白〕這竹有許多好處、〔唱〕搖風

梢拂雲、傲冰霜無淄磷、〔白〕你不見麽、〔唱〕湘江上二女淚斑痕、

〔生白〕再取一種來看、〔老旦放竹又遞科〕〔小生看〕這是桃花、

甚希罕、要他何用、〔老旦唱〕

鵲踏枝這桃花從蓬島、分休則向玄都、問誰知道前度、劉郎來面貌堪嚬、不爭的把漁郎勾引、惹得人急穰穰爭去問迷〔小生白〕不好、再取一種來看、〔老旦照前取遞科〕〔小生看〕嘆、是海棠花也沒有甚希罕、〔老旦〕哥嘆、〔唱〕

二杜鵑花非

〔啞笑科〕這一發沒用了、〔老旦〕咻偏有楊柳最可恨、〔小生〕爲好、再取一種來看、〔老旦〕嘆、又不好、哎呀止有柳枝兒了、〔小夜間最好看倚東風、睡足高燒銀燭爛熳月黃昏〔小生白〕又

勝葫蘆杜鵑啼血感離人、粧點上陽春、嬌似紅脂嫩臙粉、這呢、〔老旦唱〕

么篇他在渭城客舍關清新、慣會送行人、早已是章臺今日

條盡、則看他迎風裊裊籠烟裊裊腸斷灞橋濱〔小生白〕不好、好你籃兒裏還有別種麼、〔老旦〕你不見這籃都空空的再有了、〔小生〕原來只這幾種、並沒奇異值幾文錢、〔老旦〕哥這中也只有這幾種、〔小生〕嘆、難道只有這幾種、我倒有一種花在那裏、可憐你又老又貧、送與你去多賣幾文錢何如、〔旦假喜科〕生受哥、借來看看、〔小生〕隨我來、〔老旦應隨走動〕〔小生〕我好好供養在書房內、待我取出來、〔老旦背云〕想必是此花了、〔小生取花科〕〔老旦放籃併竿科〕〔小生〕這不是、你認得這種花叫甚名兒、〔老旦看作大驚喊科〕哎呀有鬼嘆、鬼、〔小生慌問〕婆子、青天白日有甚麼鬼、你見這花卻怎生

駭起來、〔老旦哭科〕若嗄、哥卻不知、這不是人間的花、這是花、〔小生〕胡說、鬼那裏有花、要你說個明白、〔老旦〕誤了老婢賣花也、明日來和你說、〔提籃卽走〕〔小生急扯住〕婆子休去、且說一個明白、〔老旦〕哥嗄、我說來你休害怕、〔小生〕我不怕、說來、〔老旦放籃科〕哥、這花園是誰家的、〔小生〕是王太守家〔老旦就語揑慌狀〕你可知道葢花園的緣故麽、〔小生〕這卻知、〔老旦正色厲云〕可又來、王太守有個小姐、性愛看花、故葢這所大花園、到得春間、萬花開綻、那小姐日日坐在亭上看花、不意牆外有一秀才、歎禁切闖入園來、與小姐四目相覷、情惓戀、只沒處下手、那小姐終朝思想、思想成病死了、

〔生癡境〕嗄、竟死了、可惜、〔老旦〕王太守與夫人捨不得他遠就埋在亭子後邊、那一靈不散、他塚墩上就長出一棵樹開的哪、〔觸指介〕是紅梨花、〔小生唬式〕嗄、就是這、〔欲棄不忍明明是異種、唔後來呢、〔老旦〕那小姐每遇花開時、風淸月之夜、常常現形、坐在亭子裏、只要纏擾年紀小的秀才、〔小驚心暗怕介〕〔老旦大哭科〕婆子、爲何哭起來、〔老旦〕老婢有孩兒、也是秀才、爲那城中熱鬧、借此花園看書、看書困倦、兒月明如晝、捱到亭子邊去散步、不意亭子裏忽刺刺、〔小〔正疑又作一駭〕什麽、〔老旦〕起陣怪風、現出一個如花似王小娘子、與我孩兒、四目相窺、兩情惓戀、當夜就要到孩兒

房中、〔小生急問〕可曾去、〔老旦〕纔要走、只聽得亭子後邊大說老夫人睡醒了、快來、那小姐倉忙而去、說明晚准來、〔小駭云〕婆婆子、來也不曾、〔老旦〕來嗄、到得明晚、果然又到孩書房中來、手中攜一枝、就是這紅梨花、〔小生嚇抖急摔花哇、我趙相公、不怕鬼的噓、〔口硬心虛狀〕〔老旦追云〕那時孩年紀小、春心蕩漾、與他那低云科話兒了、從此以後、夜來明去、勾上一月、把孩兒送死了、〔小生失色大顫式〕〔老旦〕咳、可憐嗄今止存一個老身、好苦也、〔痛哭科〕〔小生怕科云〕哎呀哎呀子、你可曾見那小姐怎麼一個模樣、〔老旦〕老身那裏得見聽得孩兒臨危時說、〔小生大抖氣怯云〕怎怎怎麼說、〔老旦

寄生草〕他梳粧巧、打扮新、藕絲裳愛把纖紅襯、眉彎新月微暈、櫻桃小口時時哂、青螺小髻挽烏雲、千般淹潤都裝盡、〔小顫懼白〕這一會兒、不不不由的害怕、〔小生唬得一團狀〕〔老故推小生科〕哎呀鬼來了、〔小生雙手扯住老旦衣顧後作

〔老旦提籃挈竿走出科唱〕

么篇〕足律律旋風刮、黃登登幾縷塵、王小姐王小姐你把我兒纏死真堪憫、你送得我老年孤獨無投奔、你今朝又待將近、〔老旦在籃內取桃枝與小生看科小生云〕哎喲、這是桃枝他何用、〔老旦連唱〕哥我那裏去尋法師仗劍頌天蓬、先打娘五十生桃棍、〔小生顫悚白〕婆婆子、你不說我那裏知道、

兀的不謊殺我也、（老旦）這裏不是久站之所、我去也、（小生

扯老旦衣科（悲云）哎呀婆子、你再伴我一會兒、（老旦）哥、你

不也着他手了、（小生）哎呀我死也說不出、（老旦）咳、王小姐、

【賺煞】我與你生前本無讐、今日個賺得無人問、你何不把陰

忖忖但只顧將平人來害損、哎呀我那兒吅、可憐你三載幽

何處沉淪、如今好了、且喜這位哥可早有替代、（小生急啐）你生天路兒

（老旦作走科小生扯住云）婆子、不要去、（老旦）放手、（摔脫科

生撲跌左上角地老旦帶笑指云）唬煞他了、（下）（小生急掙

（白）哎呀婆子轉來吅、我始知王小姐是鬼、（唱）

【中呂正曲】【撲燈蛾】我聞言膽戰驚、聞言膽戰驚、撞入迷魂陣、翡圍

妖嬈豈是深閨嬌倩也、偷香錯認、男兒志氣有夌雲、那花妖

同衾枕、（合）早難道時衰運退、鬼迷人、（白）哎呀（作怕式）鬼來了、（下）